本当のところは何がどう？

神林　宙彦

目　次

一、論　説

二、随　筆

目　次

三、語　録

四、俳句・短歌

五、詩編

一、論説

にほんかにっぽんか

私が、とある七年制高等学校の尋常科生であった頃、荒木先生は教卓から少し離れた教壇の上でその美事な長身をくねらせながらこう仰った。

「どうもね、この国はね、景気の悪い時にはくしゅんとしてにほんと言い、景気のいい時には胸を張ってにっぽんと言う。どうもそうみたいですよ。」

なる程、日米戦争に負けた時に作られたのがにほん国憲法、徳川幕府を倒し、維新を推進して日清戦争にも勝って行こうとした時につくられたのが大にっぽん帝国憲法。

何年か前に文部省のお役人に、「この国はにほんですか？　にっぽんですか？」と尋ねたら、彼は何と「どちらでも良い」と答えたと言う。

そんな⁉　と言うことで、この論説が生まれた。

廐戸王が六一二年小野妹子を隋に派遣した時に携えさせた図書には、隋書に依ると、
日出処之天子書致日没処之天子恙哉

とあって廐戸王はわが国を日出国としたらしい。

英語では我国を「ジャパン」、独語では「ヤーパン」、仏語では「ジャポン」、皆「P」の発音が付いている。これは例のマルコ・ポーロがイタリアのジェノヴァへ帰って著した「東方見聞録」に「黄金の国ジパング」と記した事に由来する。これも「P」。

マルコ・ポーロが「ジパング」と言ったのは彼が滞在したモンゴル元帝国でポーロが「ジパング」と聞いたチャイナの言葉、それは、唐王国から宗帝国へ、宗帝国から元帝国へ言われて来た事に由来する。

「お宅はどちらからお出でですか?」

遣唐使は答えた

「にっぽんからです。」

「えっ?」

唐の役人は聞き返した。彼等には「にっ」と言う発音が無いからである。

遣唐使は重ねて言った。

「にっぽんです。」

唐の役人は困って、

「どう書くのですか?」

遣唐使は差し出された紙にすらすらと書いた。

「おお、じっぽん!」

唐の役人は日の字を見て「にっ」と読まず「じっ」と読んだのである。

こうして唐から宗へ、宗から元へ、我国の呼名は「じっぽん」と伝えられた。そしてマルコ・ポーロは「ジッポン」を「ジパング」と受け取ったのである。

この事は遣唐使達が我が国を「にっぽん」と称していた事を物語る。

そもそも我が国を日本と称したのは、四〇代天武である。尤も天武と言う呼称は、四五代聖武の頃に天武に攻められて自害した天武の兄天智の息子大友皇子の玄孫の淡海の三船が、それ迄長い和名で表わされていた歴代の王名を漢字二字で表わす事を行なったからである。例えば、
神倭伊波礼毘古=神武(初代)

御《み》真木入《いり》比古印恵＝崇神（一〇代）
伊久米入《いり》比古伊《い》佐《さ》知《ち》＝垂仁（一一代）
男大迹＝継体（二六代）
の様に。
この時、三船が王名に神の字を付けた王が四人「神武（初代）、崇神（一〇代）、神功（女帝）（一五代）、応神（神功女帝の息子）である。

さて、六三〇年七月一〇日、大友王子を大津・志賀の都で自刃させて天下を手中に収め支配者となった四〇代天武（もと大海人皇子）は、六三〇年帝位に就き、それ迄に無かった幾つかのことを断行・制定した。

彼は秦の始皇帝と同じように、自らを天皇と呼ばせた。

六七七年反乱を画したと言う事で自刃させられた長屋王の邸跡から木簡（細長い木の板に墨で記した荷札）に天皇と記されたものが今日出土している。

天武はまた国号・吾が国の呼名を日本としたと日本書記に記されてある。つまり、この国の名を日本と呼称する事を定めたのである。但し、日本の読み方は記されていない。

つまり、天武以降、奈良時代の人々が日本を「にっぽん」と読んだか「にほん」と読んだかは不明の様にみえる。

それを解く鍵は前記の遣唐使のやり取り、そしてマルコ・ポーロである。但し、マルコ・ポーロがジパングと言ったかどうか？ なぜなら、香港の英字スペルは、「Hong Kong」。でも誰も「ホング・コング」とは読まない。「ng」は読みでは「ン」なのである。とすれば「ジパング」では無く「ジパン」或いは「ジッパン」なのでは？

ジパングとしたのは或いは日本人の誰かなのか？

こうして私は天武が付けた国号日本の読み方は「にっぽん」であったと確信している。彼の意志を受けて息子舎人親王を中心に編纂された歴史書は「にっぽんしょき」だと思う。

今日も鹿児島県薩摩半島南の種子島から、衛星や探査機を載せた三菱重工業株式会社製のH2A型の巨大なロケットが打ち上げられる。そしてそのロケットの胴には「NIPPON」の文字がくっきりと記されて在る。

奈良時代には、日本は「にっぽん」であったが、平安時代になって、紫式部（源氏物語）、清少納言（枕草子）、和泉式部（和歌）などの女流文士が多く現れるようになって、「にっぽん」と言う「男読み」に、「にほん」と言う「女読み」が加わったのではあるまいか。

えと

「来年のえとは？」

「えっ？　えと、えーと。」

「えと」と言う奇妙な響きのある日本語は辞書で索《ひ》くと「干支」とある。そして答えは未（ひつじ）。


冗談じゃない。干支は「かんし」、つまり十干十二支のこと、ひつじは十二支のひとつ。つまり干支を「えと」と読むのも、えとを十二支の一つとするのも間違いである。

ではえとの漢字は？　答えは「兄弟《えと》」である。古事記には神武軍が熊野から北上して奈良盆地へ侵入しようとした時、土着の兄宇加志《えうかし》、弟宇加志《おとうかし》の兄弟が軍を率いて迎え撃ったとあり、又、蘇我入鹿を刺殺した若者は三七代斉明女帝の息子の中大兄皇子《なかのおおえのおうじ》である。奈良時代には兄と書いて「え」と読むのが普通。

弟の字は「おと」であるが兄弟＝「えおと」が音便で「えと」になったのである。

十干も十二支も大陸から渡来の言語概念である。そして我が国では十二支は動物を宛嵌《あては》められて普及した。

子「し」を「ね」と読んで、鼠に。

丑「ちゅう」を「うし」と読んで、牛。

寅「いん」を「とら」として、虎。

辰「しん」を「たつ」として竜に。

古事記にも歴代の王の逝去の年が十干十二支、つまり干支《かんし》年で記されているが、未だ十二支を動物に置き換えてはいない。

我が国で輸入された十二支を動物に置き換えたのはいつ頃からだろう？

併し、十干の方はそう上手くは行かなかった。

「甲、乙、丙、丁、戊、己、庚、申、壬、癸」の十個の漢字をどう扱うか？　明治から昭和に掛けては小学生の成績に「甲、乙、丙、丁」の記号を付記し、優秀には「甲」、極端に低い成績を「丁」とした。日米戦争に負けてからはこの表記は無くなった。

併し、江戸時代のもっと前か、十干に日本人らしい手を加えた智慧者が現れた。木火土金水《もくかどごんすい》の五行に兄《え》と弟《と》を配して十干に当てたのである。即ち、

木《もく》の兄《あに》＝木《き》の兄《え》＝甲
木《もく》の弟《おと》＝木《き》の弟《と》＝乙
火《か》の兄《あに》＝火《ひ》の兄《え》＝丙
火《か》の弟《おと》＝火《ひ》の弟《と》＝丁
土《ど》の兄《あに》＝土《つち》の兄《え》＝戊

土《ど》の弟《おと》＝土《つち》の弟《と》＝己
金《ごん》の兄《あに》＝金《かね》の兄《え》＝康
金《ごん》の弟《おと》＝金《かね》の弟《と》＝申
水《すい》の兄《あに》＝水《みず》の兄《え》＝壬
水《すい》の弟《おと》＝水《みず》の弟《と》＝癸

である。

つまり、えとは兄弟《えと》で表す十干の事なのである。

二十四節期

「今日は大寒です。一年で一番寒い……」

と迄話してその気象予報士は口を噤《つぐ》んだ。

どのチャンネルの予報士も、

「今日は立春です。」

「今日は啓蟄です。」

という言い方をする。本当の事が分かっているのだろうか？

いつの頃からか、どこかの単細胞が、併し多分お偉いさんが、「今日は大寒です」を始めたのであろう。

確かに、現存しているその古典には、右綴じの各ページには縦書きの漢字が何行も並んでおり、その各行の上の方に枠が設けられて在る。

縦二センチ程の枠は一〇センチ程に区切られており、そのひとつひとつの枠の左端に、縦書きに「大寒」とか「立春」とか記してある。

だから最初の日を小寒とか大寒と読んだのだ。

本当はその一つ一つの枠毎に枠の名が小寒とか大寒と名付けられたものを。

その数が二四あるから二十四節期と言うのだ。

もし、初日だけ名があるとするなら、残りの三四一日は名無しの権兵衛か？

二十四節期は一年三六五日を二四の節《ふし》に分けた、それは一年の気温変化に伴う空気の移り変りを二四に区切った事を意味する。そして期とは期間、竹の節《ふし》と節の間と言う事の期、一学期・二学期の期、つまり、ある期間を示してい、断じて一日限りの事ではない。

たとえば今年の大寒と言う名の節期は、一月二〇日から二月三日の節分までの一五日間である。だから、この一五日間が一年で最も寒い期なのだ。一年は三六五日、それを一二に分けるのが月（つき）、二四に分けるのが節、だから一節期は一五日間か一六日間となる。

「今日は大寒です。」

ではなくて

「今日は大寒の初日です。」

が正当な表現なのである。

まあ、「大寒の入りです」でも良い。

（註、わが国の気象予報士は「節気」としているようですが、そこでは初日だけを言います。それに対してこの文ではそうではなくて、一五日間全体を言うので、期間の「期」の字を当てました。）

国とは何ぞや

「国と地方」などと言う。「それは国が決めた事だから」と言う。

無人・無線ヘリ、ドローンが首相官邸の屋根で見つかったとして大騒ぎ。

自民党の或る男は、国家の一大事とわめいた。

この頃は大臣などと言われている人々が自分達を国と意識して居るみたい。

フランス革命よりもっと古い欧州で、メッテルニヒが活躍した時代を少し遅れて、欧州の首脳や外務担当者達が集まって話し合った時があった。

その時の話題が「国とは何ぞや」であった。

侃々《かんかん》諤々《がくがく》の果てに彼等が得たものは

国とは次の三つの要素を持つ全体である。

その一は、同一言語（同じ言葉）、同一歴史（共通した歴史を持っている事）、共通社会（右を見ても左を向いても、やあ、と言い合ってる、お互い）を持つ国民が居ること。

〔国民の存在〕
その二は、その国民が暮らしている一定の（決まった）国土が在ること。
〔国土が在ること〕
その三は、その国民の生活が成立してゆける唯一の政治体勢が在ること。
〔唯一の中央政府〕
となった。
つまり、国と意識した時、国民が存在する。国民の無い、国民を外した国など無いのである。ところがこの頃はどうだ。閣僚でさえ自分達を国と言う。国ではなく政府あるいは行政である。国と言う意識では国民が第一。

民主主義

民主党、自由民主党、社会民主党と政党名に民主を唱っているけれども民主って何だろう。

もうかなり昔になるが衆議院議員の選挙と言う事で、東京のと或る町角で幾つもの政党の候補者、宣伝カー、そして各運動員達が集まって応援活動戦をした時があった。

私も若かったから各運動員、サポーター達の集まっている所へ行って

「民主主義の民主って何ですか？」

と聞いて廻った。

すると驚いた事にどの運動員・サポーターも一様に困った顔をして答えなかった。

びっくりしてその連中からやや離れて陣取っていた共産党の運動員・サポーターの所へ行って同じ質問をした。

「民主って何ですか？」

そこでも困った顔・顔・顔であった。

すると奥から一人の日焼けした明らかにオルグと見える年配の婦人が私の顔をきっと見据えて呟《つぶや》いた。

「民があるじって事じゃないですか?」

私は満面の笑みをこめて
「ピンポン」

と叫んだ。

民主、つまり民《たみ》が主《あるじ》。この日本の国の主人は日本国民なのだと言う事。

今、憲法改訂がささやかれている。併し、現行憲法の最も重要な事は第九条ではない。それは第一条、そして前文にあるたった九文字の言葉である。

主権の存する国民の
この九文字(二ヶ所)こそ、この日本国の主権者が天皇でも無い総理大臣でも役人達でも無い、日本国民なのだと明記した文字なのである。

六四五年乙巳の変、つまり三七代斉明女帝の前で十九歳の中大兄が蘇我入鹿を刺し殺して天下を蘇我氏から奪取した中大兄と中臣鎌足は、翌年、年号を大化と改めた。

帝位に就いた三八代天智は大化の改新と称して唐の制度に習って祖（国民から税として米を徴収、明治政府が始めた納税の義務）、庸（国民に一応の労力を都で奉仕させる事、明治政府の徴兵の義務）、調（新しい物産を献上すること）の三つを国民に嫁して国民支配を始めた。以来一五〇〇年、支配者は王貴族、武士・官僚・政党の勝者と変わっても国民支配には変わりない。そして今またマイ・ナンバー。

今、自民党政権はマイ・ナンバー制を行って国民奴隷、囚人と同様にしようとしている。国民に名前は不要なのか？

民主主義は亡んだのか？

民主主義、民《たみ》が主《あるじ》。国民は納税の義務として税を納めるのではなく、ちょうど会社で言えば、資本家が金を支払って従業員に仕事をしてもらうように、国民は税を支払って内閣や区役所などの人々に行政をしてもらうのである。

日米・日英戦争

いつの時代でも、戦争に負けた国は勝った国の言語、価値観、習俗を受け入れマネして生き延びようとする。

一九四一年一二月七日から一九四五年八月一五日迄の戦争を「太平洋戦争」と呼ぶのは、正にアメリカが唱えるPacific War の直訳である。

確かにアメリカは、北はアリューシャン列島のタキン島、マラワ島で日本軍と戦い、南はソロモン諸島のガダルカナル島で死闘し、東は北米大陸の西海岸でわが国の潜水艦の砲撃を受け、西は日本各地の爆撃、焦土作戦、沖縄本島での地上戦、フィリピン諸島での地上戦、マリアナ諸島や硫黄島での戦い、そして中央ではハワイ、オアフ島やミッドウェー島での海戦と、全太平洋での戦いを行ったからPacific War。

併し、わが国はその期間、その対米戦争の他に、大陸東部三〇〇〇キロに及ぶ蒋政権軍との戦い、ただしこの戦いには同じ東アジア人同志、東洋人同士間の戦いと言う事で宣戦布告はせず、日支事変として終始した。日中戦争と呼ぶのは間違いである。

また、現インドネシア諸島は当時はオランダ領でオランダは日本に宣戦布告をしたので、日蘭戦争となり、一九四二年三月にはオランダ軍の降伏をみたが、これには兵団長、今村均中将の卓越した人格と、その協力者としてインドネシアのオランダからの独立の為に戦ったスカルノ将軍率いる民族独立軍の活躍があった。ニューギニア島では豪州軍と交戦。

一九四一年一二月には当時のイギリス領香港へ上陸、一二月二五日占領。一二月九日マレー半島中部東海岸コタバルに上陸、これを攻撃すべくシンガポール港を出撃したイギリス東洋艦隊戦艦プリンス・オブ・ウェールズ号（四万五〇〇〇トン）とレパルス号を一二月一〇日マレー沖で撃沈。

コタバルからマレー半島を南下した山下兵団はジョホール水道を渡河、一九四二年二月一一日シンガポール市のパーシバル中将率いる一〇万人の守備隊を降伏させた。

山下兵団は更に転進して協力国タイを経てイギリス領ビルマ（現ミャンマー）へ向かった。

これにも自由ビルマ独立軍として日本の陸軍中野士官学校で学んだアウンサン将軍（スーチー女史の父）が協力したが、日本軍の進撃が、ビルマの中部都市マンダレー（当時名）を陥落させた頃から、日本大本営の方針が、ビルマ独立からビルマ日本領土化へ変わった。これを知ったアウンサン将軍は怒り、寝返ってイギリス側に内通し、日本軍の武器・弾薬・食料を奪った。その為一〇万人程の日本軍は武器と飢餓、弾薬なしとでほぼ全滅した。

これを太平洋戦争と呼べるか！　まさに日米、日英戦争なのである。

満州国独立に国土の北方を奪われた大陸の蒋政権は妹二人を特使としてワシントンへ送り全面的支援を求めた。

そこでアメリカは今のイラン国に対する欧米諸国の様に、資源の乏しい日本に対して経済封鎖を試みた。

A＝アメリカ、B＝ブリテン（イギリス）、C＝チャイナ、D＝ダッチ（オランダ）に依る「ABCD包囲」がそれであった。更に重慶に遷都した蒋政権に対してビルマから空路武器・弾薬・食料を援助投下した。後の山下兵団のビルマ入りはそれを叩《たた》く為であった。

経済封鎖だけでは手温いとみた米政府は対日威圧の為、太平洋艦隊の戦艦八隻をハワイ・オアフ島の真珠湾に集結させた。

現状を打開すべく日本政府は野村吉三郎大使に加えて、来栖三郎大使を派遣して対日威圧を上めるよう交渉したが果せず、逆に一九四一年一二月七日、対米宣戦布告文を米高官に手渡した。

日本海軍による真珠湾攻撃で、日米戦争が始まったと言うがそれはウソ。むしろ当時の米政府の謀略宣伝「真珠湾の騙《だま》し討ち」であって、日米戦争はこの宣戦布告書の交付受領で始まったのである。

二人の大使は交付受領が済んだ事を東京の大本営に打電し、それを得て大本営は、当時の日本領千島列島北端占守島《シュムシュ》の一冠湾《ヒトカップ》に集結していた連合艦隊に出撃を打電したのである。一冠湾は真っ直ぐに南下すれば米艦隊が集結している真珠湾へ行ける位置にあった。

日米・日英戦争を早期に終わらせるチャンスは一度だけあった。

シンガポールが陥落した一九四二年二月一一日から間もない頃、ヒトラー・ドイツ空軍のロンドン爆撃に悩まされていたイギリスのチャーチル首相はひそかに日本の大本営に連絡をよこした。その内容は、

①イギリスを始め連合国は満州国の独立を認める。

②香港・シンガポールはイギリスに還してほしい。

③アメリカを説得して戦争を止めさせる。

④大陸に派遣展開している（三〇〇万人の）日本軍を全面的に撤退させる。（これは蒋介石政府の要求である。）

東条首相はこの④を受け入れなかった。彼は大本営の主催者でもなく、日本の戦争責任者でもなく単なる陸軍司令官だったと言うべきであろう。

その後五月にミッドウェー戦攻略は策戦が筒抜けで失敗、珊瑚海海戦も緒戦の大勝利の事が忘れられず策戦が筒抜けでこれ又失敗。

チャーチルはこれで勝てると思ったか、二度と和平の提案はしなかった。

日本人の心

風薫る　五月になれば　薄色の
細かき模様着て　娘達来る

欧米調の原色・単色のブラウス、スカートと異って日本の着物は、色は薄色、その上に細やかな模様を付けることで上品さ奥床しさを然り気なく醸し出す。それが日本文化、日本人の特徴。

言葉はコミュニケーションの必需品。人間が、否、動物が二人以上になれば必ず言葉が交される。犬でも牛でも鳥でも皆会話を行っている。人間が傲慢《ごうまん》で無知だから彼等に言葉が無いと思っているだけ。

これに対して文字はごく少数の動物それも少数の人類だけが所有している。

文字の発明に依って人類は時を克服した。即ち今の自分だけでなく日記として残せば未来に繋がれるし、記録を読む事で遠い過去とも繋がれる。

ところがその文字に特徴がある。

わが国の文字は最初は大陸・百済王国からの輸入文字、漢字であった。奈良時代の日本人は漢字を文字として使用していた。ただし、それは古来からの日本語を、発音が同じ漢字で表したので万葉仮名（万葉漢字）と言う。

二三八年、女王ひみこが魏に使者を送って銅鏡百枚を請求したのも、六一二年厩戸王、蘇我馬子が隋王楊堅に書を送って日出国天子書としたのも漢字であった。

それが平安時代になって二〇〇年経つ頃、藤原道長の頃になると漢字から別の文字が生まれて来た。

大陸では中華人民共和国になった現在でも学校でも、家庭でも社会でも漢字を丁寧に学習している。

これに対してわが日本人は一〇〇〇年前に妙な事を始めた。

例えば、「安」の字を丁寧に「安」と書くのでは無く、「安」を崩してとうとう「あ」にしてしまった。これは恐らく九五〇年頃に僧侶が手摺いする折、何度も漢字を書いている裡に崩して書くようになったのであろう。

「以」に就いても崩して「い」にしてしまった。こうした平仮名が生まれ、紫式部や清少納言、和泉式部等の宮中に仕える女性達によって女文字として支持された。世に女手と言う。

ところが事はそれだけで終わらなかった。

漢字の一部のみを外して文字とする方法、例えば「阿」の一部分「阝」をア、「伊」の一部「亻」からイ、「宇」の一部「宀」からウとする文字が生まれた。是を片仮名と言う。これも僧侶が始めたと思われる。

以来一〇〇〇年、日本人は何と、平仮名、片仮名、漢字の三種類の文字を日常的に用いて生活しているのである。こんな民族は世界一九五国の中で日本だけである。

その上、和歌だ俳句だと言って言葉を選び、更に季語だ字余りだと制限する。

こうして日本文化・日本人の繊細・器用・潔癖《けっぺき》が、維持されて来ている。

それが例えば日本刀、小刀、などの刃物の世界にも、

「日本製、鉄は良いよ、何年でも使える。」

とか、自動車、家電、ＩＣの分野でも、道具、日用品、盆栽の分野でも、その細やかさ、

器用さが遺憾なく発揮されて、世界に高い評価、厚い信頼を得ている。

更に茶の湯、活け花、和服の着付、床の間、新年始め五節会。

そうしてこの繊細、優雅、緻密、気品、伝統、文化を冠した品に世界遺産と登録された和食・日本食が在る。

我国を訪れたさまざまな外国人が、

「来日の最初に和食コースを勉強してみたかったので、そうして試た。そうすると、最初に日本文化の良さ、豊かさを体感できて自分の心も豊かに楽しめた。」と口々に微笑みながら語った。

それは正に日本に好意を払い日本文化に親しみを感じたからに違いない。

その上に我々にはおもてなしの風土が有る。

ところがどうだ。近年、英語、米語が話せるだけで日本語も碌に話せない輩が肩で風を切って横行している。

文部省（文科省ではない）ですら、小中学の教育に英語を必修に取り入れ、国語教育を単なるヨミカキに落として国語教育に於ける心の教育を放棄した。

日本は何処へ行くのか？

英語・米語は、例えるならばカタカナの分かち書きに過ぎないのをご存知か？

日本の国語教育、二〇〇〇年の伝統に育まれた社会性の有る教育をもっともっと大切にしてはどうだ。

われわれは日本の魂を失いつつあるのではなかろうか？

二、随筆

はまぐり

はまぐりの蓋身（二見）に分れ（別れ）行く秋ぞ

「奥の細道」の最後にある俳句である。

お伊勢参りを済ませた芭蕉が、故郷の伊賀へ戻る帰りか、それとも曽良の眠る滋賀・信州の方へ廻るのか、途中の二見が浦（夫婦岩の在る地）を通った時に詠んだ俳句である。

今から一万八〇〇〇年程前に、地球が大寒期でベーリング海峡も氷結し、ナウマン象やヘラ鹿を追って北東アジアに居住していたモンゴロイド（蒙古人）が大挙してアラスカへ渡り、五〇〇〇年掛けてチリ国南端迄歩き渡った。コロンブスやコステロ達が出合った現地住民がそれである。今でも南米ペルー人のＤＮＡとわがアイヌのＤＮＡはとても良く似ている。

つまり、大挙してベーリング海を渡ったモンゴロイドの支流は、同様に氷結した間宮海峡を歩いて樺太島へ渡り、更に暖と太陽を求めて南下し、宗谷海峡、津軽海峡を歩いて本州に達した。

青森県青森市の西部にある縄文遺跡・三内丸山遺跡には彼等の生活の跡がいくつも見られる。そのひとつに栗の木の林がある。

稲作をし米を常食とする最初は、朝鮮半島および上海方面から渡来した弥生人の類であるが、縄文人（毛人）の主食は栗の実（栗）を煮た物であった。

その縄文人が海岸へ出た時、浜で栗に形が良く似た合わせ貝（二枚貝）を見つけて、煮たり焼いたりして食用にした。各地に残る貝塚はその跡である。

「蛤」と言う漢字は奈良時代前後に百済王国経由で齎らされた漢字であるが、「はまぐり」という読み、古来の日本語は縄文人の浜の栗・浜栗である。

「ねえ、君。この蛤の殻をこう千切って二つにして、さあ、このひとつを何と言うの？」

「えっ？　その片方？　まさか磯の鮑の片思いでもないしね。」

「うん。」

「さあ、わかんない。」

「虫さ。」

「え？」

「ほら、蛤って字は、虫を合わせるって書くだろっ。」

有也無也

大川《おおかわ》と呼ばれていた東京東部の隅田川に言問橋《ことといばし》と言う橋が架かっている。

これは平安時代に伊勢物語の作者、在原業平（なりひらと言うとイケメンの事）が東下《あづまくだ》り（関東へ京都から赴く事、関東をあづまと呼ぶのはヤマト・タケルが妻の弟橘姫を連れて東京湾を三浦半島から房総半島へ小舟で渡ろうとした時、海が荒れて船が危なくなった時、弟橘姫が夫の身を案じて人身御供《ひとみごくう》として海神に身を捧げるべく海に飛び込んだ。その時、ヤマトタケルが、「吾妻《あづま》はや。」と叫んだと言う。こうして吾妻が、あづま＝東になっ

た。関東と言うのは箱根の関所より東方と言う事）で隅田川岸に来た時、何羽かの鷗が飛び立った。始めて見る鳥に業平が

「あの鳥は何と言う鳥ですか？」

と尋ねると従者は

「都鳥、みやこ鳥です。」

と答えたと言う。でも、ひょっとしたら二、三百年前、当時新征服地オーストラリアを流刑地にして送り込まれたイギリス人達が、始めて見るピョンピョン跳ね廻っている大きな動物を見て、

「あれは何と言う動物ですか？」

と尋ねると案内人は

「カン・ガ・ルー（私は知りません）」

と答えた。

ああそうか。「カンガルー」と言うのか、とイギリス人達は納得したと言う。

業平のみやこ鳥もそんなところか？

兎に角、そこで業平は、

名にし負《お》わば、いざ　言問わむ　都鳥

わが思う人は　有りや無しや　と。

この「有り」とは、元気で居るかい。丈夫かい?と言うこと。「無し」とは、そうじゃ無いと言うこと。

それがどうだろう。今日では「有也無也」つまり「うやむや」、はっきりさせない事を意味している。

元気かい?そうじゃないかい?と言う安否を尋ねた言葉が、どうでも良い、いい加減と言う事にどうして変わって終《しま》ったのか?

相手を思う心がどうでもいい判断に何故変わって終ったか?

それは、有り無しを有無《うむ》と読んだ時に始まった。有無を言わさずとは弁解無用と言う事。

日本人はいつからハートを失ったのだろう？　源氏物語五十四帖は全編これ、ハートの遣《や》り取り。日米戦争に負けて生きるか死ぬかを味わったからか。朝鮮（半島南北の）戦争の後方支援の特需で経済第一主義が支配したからか。

やっぱり心、心を取り戻さなくては。業平のように。

縄文文化

メソポタミア（メソとは中間、間《あいだ》と言うこと、チグリス河とユーフラテス河の間の地）、エジプト（ナイル河の中流域、下流域）、モヘンジョダロ（インド西部インダス河中流域）、黄河（黄河下流域）を四大文明と言うけれども、いずれも三〇〇〇年、四〇〇〇年前の遺跡である。

これに対して我が縄文遺跡は七〇〇〇～九〇〇〇年前の遺跡である。日本の学者先生方がなぜ五大文明と言わないのか不思議。ちょうど日米戦争を太平洋戦争と云ってみたり、朝鮮国を北朝鮮（North Korea）と云うのと同じ追従なのであろうか？

約一万八〇〇〇年前の地球の間氷期に、ベーリング海峡も樺太の間宮海峡、宗谷海峡、津軽海峡なども氷結し、北東アジアに居住していたモンゴロイド（蒙古人）はナウマン象やヘラ鹿等を追って、歩いてベーリング海峡を渡って北米大陸へ進出した。コロンブスがアゾレス諸島へ到着する一万七〇〇〇年も前の事である。

その支流が、樺太島・北海道島を渡って本州へ到達した。これが我が縄文人である。青森県青森市の西部に三内丸山の縄文遺跡（約七〇〇〇年前）があり、巨木を切り倒して住居のそばに望楼（物見台）を作った。栗林を栽培して栗を煮て常食とし狩猟を行なっていた。群馬県や栃木県を上っ毛の国、下っ毛の国というのはアイヌのように毛深い縄文人が多く住んでいた事を物語るし、何よりも新潟県の各地からの火焔土器と呼ばれる煮炊《にたき》用の壺状土器の出土はその地域に縄文人の居住があったからである。（毛人と書いてエミシと読む。）

山梨県を甲州と言う。江戸時代までは、甲斐の国と言われていたが、「甲斐」はカイの当て字で、「カイ」はアイヌ語である。つまり、何千年か前には、そこに縄文人が居たということを物語るのであろう。

四国・高知県の四万十川のシマン・トウはアイヌ語で湖のように広い河口を表している。トウは湖のこと。

今日、江戸時代から接触したアイヌ族は北海道に居残った縄文人の子孫である。因《ちなみ》に、アイヌとは、アイヌ語でヒト・人間と言う意味。

火を起こす事、土を固めて壺を作り、火にかざして煮炊きして食用とする事、火を居所の中心に設置して暖炉、いろりとする事、動物の細い骨をほじくり材とする事、海岸近くに貝殻を集め捨てて貝塚とする事などは縄文人からの名残りである。

大和言葉《やまとことば》（古来の日本語）

王仁《わに》が「千字文」と「論語」を携えて来訪し、百済王国から我が国に帰化したと「古事記」の崇神記に記されてあるけれども、この国に広く漢字が普及したのは奈良時代。

そうして古来の日本語が今日見る漢字で表されるようになったのは、すべての漢字辞典に二通りの言葉（発音）があるのを見れば分る。例えば上の字は「うえ」と「ジョウ」、下の字では「した」と「ゲ」。「ジョウ」や「ゲ」は渡来後、「うえ・した」は古来語。

尤もひとつしか無いのも在る。例えば、「菊」。これは文字・言葉と実物が一緒に渡来した事を物語る。

併し、最も重要な事は、漢字が始めに有って日本語読みが為されたのでは無く、古来に日本語が有ってそれを漢字で表すようになったと言う事。

そこで今日流通している漢字が、古代では本来どのような漢字で書かれるべきであったのかを考えてみた。

今日の漢字　日本語の読み　古来の相当字

鶏　にわとり　庭鳥
つまり、人家の庭に来て、或いは庭に居て餌をついばむ鳥、鶏や雀など、これに対した語は山鳥、雉や鷲など。

雀　すずめ　鈴目
つまり鈴の様な丸い目の鳥。

桧　ひのき　火の木
まさつして火起こし出来る用材。

茸　きのこ　木の子

楓　　　　かえで　　　　蛙手

水かきの付いた蛙の掌に似た葉。

禊　　　　みそぎ　　　　身削ぎ

風そよぐ奈良の小川の夕暮は
　みそぎぞ夏のしるしなりけり（小倉百人一首）

つまり川に入って紋目科《あやめ》の葉などで身体を擦って汚れを落とす行為。

柵　　　　しがらみ　　　　枝絡み

流れ行く吾は水屑となり果てぬ
　君しがらみに成りて留めよ（菅原道真）

つまり、川の流れにつっかえた枝に、葉などが絡み付く様子。

港　　　　みなと　　　　水門

つまり、川の水が海に注ぐ所、出口が門。

雷　かみなり　神鳴り、神唸り

つまり、天上で天の神がごろごろ。

訪れ　おとづれ　音連れ

音が無ければ泥棒。風でもヒューと。

頭　あたま　吾玉

吾は自分。自分が有《も》つ丸い物。

嵐　あらし　荒し

野山を荒しまわる強風。

木枯し　　こがらし

葉が皆落ちて終う程の強風。

古　　いにしえ　　往《い》にし辺《へ》

遠く過ぎ去ったあたり。

南　　みなみ　　皆見

皆が見る方向。

北　　きた　　来た

縄文人が来た方向。

東　　ひがし　　日河岸

西　いり　入り

太陽が入る方向。

輸入された漢字はその読み方が付いていた。先出の「上」や「下」での「ジョウ」や「ゲ」がそれで、日本では音《おん》と言う。

是に対して「うえ」や「した」を訓《くん》と言って日本式の読み方としている。

日本人が作り出した字も有る。これを国字と言う。国字には音《おん》は無い。

国字　読み方

峠　とうげ

上りつめた道の、後は下るばかりだから。

裃　かみしも

中世に日本で発明された武士の服。
上衣を上着《うわぎ》下衣を袴《はかま》と言う。

やまと

わが国を「やまとの国」と言う事は誰でも知っている。そしてやまとを「大和」と書く人も多い。なぜだろう?

大陸や朝鮮半島の人々は二〇〇〇年の昔からわが国を「倭」と呼んでいた。この文字には「やまと」と言う発音は無い。江戸時代将軍の就任を祝って朝鮮国から使者が来たが、わが国が「朝鮮国」と呼ぶのに対して彼等は当時、まだ「倭国」と呼んでいた。

併し、わが国で書かれた最古の書、七一二年に太の安麻呂に依って書き表わされた『古事記』三巻の「中春」の始には、最初の王名として「神倭伊波礼比古命」と記され、「カ

ミヤマト　イワレヒコ」と読まれている。つまり、奈良時代の始め頃には人々（知識人）は「倭」を「ヤマト」としているのである。

このことは「倭」と言う外来漢字があってそれを「ヤマト」と読むのではなくて、奈良時代に百済王国から「倭」と言う漢字が輸入された時、奈良時代の知識人は古来から日本人が使っていた「ヤマト」と言う日本語に「倭」の字を当てたのである。

では「ヤマト」とは何語か？

そのヒントになる日本語、古来日本語のひとつに「ミナト」がある。

「ミナト」、つまり今日「港」と漢字書きされている輸入漢字に「ミナト」と言う古来語をなぜ当てはめたのか？

それはミナトとは「水門《みなと》」、「水扉《みなと》」の事を意味する。「ミナト」つまり、川が海に注ぐ、海の方から眺めると川へ入る入り口、つまり門である。川へ入る門、川への入口、それがミナト、港なのである。

ならば「ヤマト」は山門、山扉ではないのか？

通称、『魏誌和人伝』、魏書の「東夷伝倭人」の条に二三八年頃実在していた倭の国の女王ひみこの記事があって（この写本は現存している）帯方郡から女王の都への通行が示されている。

「陸行一〇日　水行二〇日」がそれである。

帯方郡から朝鮮半島の西岸、黄海側を南下して済州島から玄海灘を渡って糸島半島（イト国）又は松浦半島（マツラ）へ上陸。これからが陸行。

南下して吉野ヶ里《よしのがり》へ、そこから東進して福岡県南部の浮橋《うきはし》や八女《やめ》を通り、そこから大分県に入り宇佐（今日の別府）へ着く。これが陸行。そして国前《くにさき》半島から瀬戸内海の姫島へ。これが水行の始まり。

姫島から瀬戸内海西部に点在する小島群を通過。これが千五百《ちいほ》である。そこから山口県の大島、防府大島へ上陸。東進して広島県、安芸の宮島へ。ここでも一泊か？更に東進して岡山県の児島半島へ。ここでも一泊か。瑞穂の国。そこから東進して赤石海峡から大阪湾へ。そこに淀川と大和川の港（水門）がある。

大和川を逆上ると、やがて生駒山塊、金剛・葛城の山塊が左と右に聳えている間を東の方から川は流れて来る。

つまり、紀伊水道の方から眺めると、川は東の方から左に生駒山塊、右に金剛・葛城の北端を見てその間を流れて来るのである。

即ちこの川を東方へ逆上ろうとすると、両側に山の門が控《ひか》えているのである。

こうして「山門」（やまと）の語が生まれ、更にはその山塊の奥の方、今日の大和川が流れ来る地方を「やまとの国」、そして流れ来る川を「やまと川」と呼んだのではなかろうか？

山門から大和川を更に東へ逆上すると、川は今日の大和桜井の地で北方へほぼ垂直に流れて来、そこが女王の都する纒向《まきむく》の地、箸墓古墳《はしはかこふん》の眠る地である。

箸墓古墳は奈良県、大阪府に群在している古墳群の中で最もと言える程の古い、美しい古墳であり、不思議な事に記紀が示す箸墓築成の記事と、大陸魏書が示すひみこの墓築成の記事が良く似ている。

更に近年、箸墓の近く纏向の地から宮殿跡と思える程の太い建築柱群が発見され、ひみこの宮殿では？と噂されている。

大和川を更に北へ逆上すると、そこは石上神宮つまり蘇我氏に滅ぼされた神道の守族・

物部氏の根據地が在る。石上神宮の神器が三六九年百済王国から贈られた七支刀である。山門が倭となり和となり美称を付けて大和となって奈良時代を迎えたのではあるまいか？

三王朝

文献上に我国が始めて登上するのは大陸の後漢書に、

東方海上に倭国在り　分れて五十二国云々

の記載であるが、次に登場するのが、後漢が亡ぼされて蜀漢、楚、魏の三国鼎立を制した魏の曹操が打ち立てた魏王国の正史書、魏書東夷伝の中の倭人の条（俗称、魏誌倭人伝）

にである。

現存しているその写本に邪馬台国女王卑弥呼と在るからとして、当時つまり二三九年頃の我国の女王が卑弥呼であるとする我国の教科書、諸々の書は皆間違いである。何故なら、「邪」も「卑」も卑字だから。

つまり、そこには当然のやり取りがあった。

「お宅はどちらからいらっしゃったのですか?」

「やまとからです。」

「王様は何と言う方ですか?」

「王様ではなく女王様です」

「あ、失礼しました。で、女王様は何て?」

「日の御子、日御子様です。」

「え? ひみこ? どう書くのですか?」

「わが国には文字はありません」

ここで魏の役人はガラリと態度を変える。文字を持たない野蛮国! ようし、それなら思い切り軽蔑《けいべつ》して記録してやろう。

かくして尊大で無礼な魏の役人が思い切りをこめて選んだ文字が「邪馬台国卑弥呼」であった。

それを何と、魏国の正史に記載されているのだからと、そのまま学校の黒板に書き、教科書に記し、某女子大学の入試に書かせて邪馬台国、卑弥呼として取り扱うとは！　この国のオエライさんは、自尊心も愛国心も無いのだろうか？

魏へ赴いた我が国の使者は、ヒミコ、ヤマトと言う言葉を伝えたのであって「卑弥呼」、「邪馬台」という文字を伝えたのでは無いのだ。

その日御子女王、つまり、古事記に記す天照大神を宮殿から外地へお祀りするべしとしたのが淡海の三船が崇神、つまり、神＝天照大神を崇めた王と記したのは、一〇代御真木《みまき》入毘古印恵《いにえ》の事である。
古事記がハツクニシラス　スメラミコトと記した王が二人いる。一人は初代神武初国治皇命、もう一人は一〇代崇神肇国治皇命である。そして神武が伝説の王とすれば、真の初代王は崇神となる。

古事記に依れば崇神は三つの大事行を行った、即ち、

①宮殿内に祭っていた天照を叔母の倭姫《やまと》に命じて良き地を選んで崇《いつ》き祀《まつ》れ。倭姫は始め大和の笠縫《かさぬい》村（元《もと》伊勢と呼ぶ）、更に東へ求めて清流五鈴川の辺《ほとり》伊勢の地に奉祀した。

②病が流行って人々が苦しんだので田島母里を呼び寄せて治療に当たらせた。

③四道将軍を出兵させて治安させた。つまり征服王。

ところで、彼の名ミマキとは？　彼の墓の近くに大和一の宮の三輪神社がある。三輪神社の御身体は三輪山、その頂上には岩窟《いわくら》つまり古代人（恐らくは縄文人）の遺跡としての巨岩がいくつか散在している。

その三輪山伝説には、姫を訪ねた男に糸を縫い付けて翌朝その糸を辿ると、糸は三輪山へ向かい、三重にとぐろした蛇に出会ったと言う。三重の輪、それが三輪山の三輪だとするなら、ミマキイリヒコ・イニエのミマキはミマから来たのではなく、三巻なのではなかろうか？

つまり一〇代崇神は外来者ではなく、三輪山地区の支配者の子孫であり、その彼が伊勢

の地に天照（内宮）と豊受（外宮）を祀ったとすれば、豊受を千木の形から男神とはせず、女神であるとして豊を受け継いだ者とするなら、内宮は日御子、外宮はその娘・魏誌のトヨ（壱与ではない。壱与と読める魏志の字は記載者の誤り）と言うことになり、日御子の宮殿は崇神の宮殿かその建て直し、いずれにせよ崇神が魏書の邪馬台国の後継者となる。

古事記には初代の神武王朝では初代神武と九代開化の他、二代〜八代は王名程度で行蹟が殆んど記されてない。そこで架空王朝という学者もいる。

私が崇神王朝をこの国の第一王朝とする所以である。

さて、一五代応神の出自はどうだろう？

応神とは神に応える、近海の御舟が彼に応神の名を付けたのは、神即ち天照の命令に応えたと言うのではなかろうか？

天照の言葉、古事記の上巻に記されてある、

「高天原、千五百、秋、瑞穂の間は吾が子孫の王《きみ》たるべき地なり、姿皇孫行きて治めよ」を受けたのは古事記上巻では瓊瓊岐命《ににぎのみこと》となっているがその実体が応神なのでは？

応神を祀る宇佐神宮は大分県宇佐に在り、祭神は一五代応神とその母神功である。神功は、江戸時代迄は一五代神功女帝とされたが、明治政府は三八代天智の息子大友皇子を三九代弘文天皇とし、ひとつふえた帝位を、一五代神功女帝を神功皇后として帝位から外し、その子応神を一六代から一五代に繰り上げて調節した。神功女帝が一四代仲哀の妻である事はそのままとした。

応神が大分県宇佐の有る佐伯湾から出発して瀬戸内海西部に点在する島々（これが千五百《ちいほ》）、広島（秋＝安芸）、瑞穂（岡山播州平野の殻倉地区）と攻め上がって大阪湾に上陸しようとした時、古事記には仲哀の息子二人の皇子が阻《はば》んだと在る。

この事は二人の皇子で崇神王朝が終わり、第二王朝としての応神王朝が始まった事を示している。

応神王朝の二〇代雄略の関東から北九州の征服は、崇神王朝のヤマトタケルの征服行為に似ている。

六七八年、四〇代天武は八色《やくさ》の姓《かばね》令を出して豪族社会を八種に分け、その最上位を真人《まひと》とし、真人のグループは二六代継体の子孫だとした。この事は天武が継体の子孫であることを示し、同時に継体が第三王朝の始祖である事を示した。

第三王朝は、源平合戦に平清盛の妻二位尼が孫の八〇代安徳帝を抱いて壇の蒲に入水した時、また、九六代後醍醐の子が吉野から足利義満（金閣を建てた）へ降《くだ》った時などの曲折を経て今日に及んでいる。

千木・かつお木

現在、伊勢神宮を始め、総ての神宮・神社の屋根に象徴的に置かれて在る、千木やかつお木は、吉野が里の弥生集落の家々の屋根に見られる、細い丸太を何本も並列に横に並べて茅ぶき屋根の押さえにしていたものの名残りである。つまり、弥生家屋の屋根押さえであったのだ。

そしてこの事はまた、伊勢神宮や豊慶大神宮、つまり天照大神＝女王ひみことその娘、とよ＝豊＝台与（魏書東夷伝倭人条に記載されている、臺与＝いよ、は魏国の記載者の書き間違い。日本（倭）からの使者が、「とよ」と言ったのを「登与」、「台与」とせずに、「臺与」と記載したマチガイである。）が、縄文人ではなく、弥生人である事を示している。

朝鮮半島南西部（百済大国）や揚子江から、稲作及び採作技術を持った弥生人が、北部九州から関門海峡を渡り、山口県及び島根県西部（荒神谷遺跡）で縄文人、銅鐸人と戦ってこれを破り、東進して、大坂湾から大和川を船で遡上して、大和川が直角に北上する纏向の地に上陸して、箸墓の在るあたりに、都を定めたのであろう。

古墳

大陸、河北郡の地に現存する秦の始皇帝二一〇年の墓は、ピラミッドを押し潰した様な背の低い巨大な方墳（上から見ると高さの低い四角錐）である。

一方、奈良県大和桜井市纒向の地に在る箸墓（箸で膣《ちつ》を突かれて出血死した姫の墓なので箸墓と云う）は前方の祭祀する場所が方形、後方の遺体を収めてある所が円墳なので前方後円墳と云う。空から見ると鍵穴の形である。

前方後円墳や円墳は併わせると岩手県から九州迄数千基在るが、巨大古墳径一〇〇メートルクラスの古墳は奈良県・大阪府とその近くに在るから、古代王権はその辺りと言う事。

奈良県のものは纒向の辺りに散在し、大阪のものは湾岸に集在しているので、纒向古墳群、河内古墳群と呼ばれているが、出土している土器や木材の年代測定から、また、古事記、日本書紀に依る王の予列から纒向古墳群の方が古い。即ち第一王朝の古墳群。

今日では纒向古墳群は崇神王朝、崇神一〇代から成務一三代迄の四代の王墓、河内古墳群は一五代応神から二〇代安康迄の六代の王墓である。即ち第二王朝の墳墓。

二一代雄略の王墓は大和桜井にある。彼が倭王武の名で四七八年大陸の宗国の順帯へ送った書は宗の歴史書に在る。倭王武は「倭の五王」と呼ばれる五人の王の五番目、最初は応神。

一六代仁徳の王墓大仙陵は世界最大で径は三一三メートルあり、三重の堀で護られてある。クフ王のピラミッドがクフが自分の為に作らせたのと同様に、大仙陵は仁徳が権威と権力で生前造らせたと思える。

一五代応神墓の脇塚から金製の馬具、馬の額飾りや口飾りが出土したから、彼を騎馬民族の長と東大の江上波夫先生が一九四八年に説えた。

それとも馬具は応神への捧げ物であったか?

河内古墳群は崇神王朝とは別物、次の応神王朝と思われる。

この二つの王朝とは別の第三王朝が二六代継体から今日迄の継体王朝である。

厩戸王と蘇我馬子

二六代継体。淡海の三船が、なぜこの王に国体を継承したと言う名を贈ったのか？それは直さずこの王が前王朝の子や孫でないからなのではなかろうか。

つまり、この王は新王朝の始祖に当たる。その証拠は六七三年即位した四〇代天武が六八四年八色《やくさ》の姓《かばね》の制度を作って各地に現存している諸豪族を八種の二位以下に定めて、一位には眞人《まひと》のグループとし、その人々は継体を祖とする王や王子達と定めた事で分かる。

さて、継体はすんなり帝位に即いたのではなく数年掛かっている。それは、継体を支持する強力な豪族が現れなかったからであろう。

そして継体があちらこちら移動して飛鳥の地に来た時、ちょうど五〇代桓武が七九四年京都の地に遷都した時、京都の豪族鴨氏（山城一の宮加茂神社は鴨氏の氏社である）が全面的に支えたように、飛鳥を支配していた蘇我氏が継体を全面的に支持したのであろう。

その後、蘇我氏は馬子の父蝦夷《えみし》が娘を継体に姻わせるなどで継体王朝の強力な後盾となって行った。

継体が前王朝（応神王朝）の最后の姫、手白香皇女《てしらかのこうじょ》を妻にして生まれたのが欽明二九代で、その子四人は順に帝位に就《つ》いたが、三人目の三二代崇俊は馬子に依って廃帝とされ淡路島に流された。淡路廃帝をつくれる程、馬子の力は強大であった。それは現存している飛鳥の石舞台古墳（蘇我馬子の墓と言われているが、その墓土や石棺は乙巳の変で蘇我氏が亡んだ後崩され奪い取られたが、墓石は余りに巨大で放置された）の巨石を見ても理解されよう。

崇俊に次いで三三代帝位に就いたのは二九代欽明の末娘、推古女帝（彼女は二人目の女帝、最初の女帝は一五代神功女帝つまり一四代仲哀の妻であるが、彼女は明治政府に依って皇后とされ帝位を失った）。

この三三代推古女帝を摂政的に補佐したのが彼女の甥《おい》の厩戸王（聖徳太子と言われているが彼は太子ではない）で五九二年。

まあ本当の所は表で推古女帝を支えたのが厩戸王であり、裏で支えたのが馬子であったのであろう。乙巳の変以来、蘇我を悪者にしたから何でも厩戸王がした事にしているが、その実は馬子が支配決定していたのであろう。その証拠が飛鳥に現存している石舞台古墳跡である。ただ乙巳の変で蘇我氏が悪者にされてから、この国の歴代政府は蘇我氏を悪く言うが本当はそれ程蘇我氏が強大だったのだ。

五八九年、大陸で隋の楊堅が楊帝として隋王朝を始めたので、推古朝、つまり厩戸王と馬子は大陸の様子を検べるべく六〇〇年、潜《ひそ》かに人を大陸に渡らせた。多分、小野妹子であったろう。

隋の庭吏（役人）

「どこからいらっしゃいましたか？」

「倭の国からです。」

「倭の国の御使者ですか？」

「いや使者ではありません。皇帝陛下にお祝いの品を差し上げに来ただけです。」

「それはそれは、有り難いです。

どうですか？　この人達の服装が違うのは。官位が違うからなんですよ。憲法に依ってね。」

隋の役人の語るのを聞きながら、小野妹子はこれは大変だと思った。

ほうほうの体で日本に逃げ帰った彼はこの事を厩戸王と馬子に報告した。

隋と対当にわたる為には、憲法を定め、宮庭の役人達の官位を定めなければならない。

こうして出来上がったのが「十二階の官位」と、「十七条の憲法」である。

和を以て尊しと為し、逆う無きを旨とする。

人皆党在り達者少し。

「日出処天子書致日没処天子　恙哉」の国書を携えて小野妹子が再び隋国を正使として訪れたのは六〇七年の事である。

官位十二階の服衣は、紫・青・黄・赤・白・黒の六色の濃いのと淡いので十二。

重祚女帝

一人の王が重ねて帝位に即く事を重祚《じゅうそ》と言う。男王の重祚者はいない。三七代斉明女帝は三五代皇極女帝であった。もう一人四五代聖武の娘四六代孝謙女帝が四八代称徳女帝になった。

二六代継体・男大述がどの様な出自かは分らないが(越前若狭か滋賀県辺りとも云う)、継体王朝の初期の王達は、それ迄の崇神王朝、応神王朝が国土の征服、領土の支配に重点があったのに比べて、もっとうろうろしている。

継体に次いで王位に就いた二七代安閑、二八代宣化は継体の連れ子だが、二九代欽明は、応神王朝最後の姫、手白香皇女を継体が妻にして生ませた皇子で、その子供達は順に王位に就いた。

先ず、長男三〇代敏達、次男三一代用明、三男崇俊が三二代の王になった時、継体の大和入りを、つまり当時の飛鳥の地に定着して王朝の祖となったのに絶大な手助けをした蘇我氏の蘇我稲目の息子の蘇我馬子と権力争い、支配争いを行って、三二代崇俊は馬子に依って淡路島へ島流しにされた。世に三二代崇俊を淡路廃帝と言う。

馬子は何と欽明の一人娘を王位に就けた。初の女帝である。本当は最初の女帝は応神の母神功女帝なのだが、彼女は明治政府によって神功皇后にさせられた。馬子はこの三三代推古女帝の甥に当たる厩戸王を摂政の位に就けた。後の聖徳太子と言われた男である。これも本当には厩戸は皇子ではあるが太子ではない。

厩戸王は賢く、一度に一〇人の訴えを判いたとか、馬子と旨く政治した。

三四代舒明の次に王位に就いたのが三五代皇極女帝（二人目の女帝）で、三六代孝徳に次いだのは何と皇極が三七代斉明女帝として重祚した。一人の王が始めて二度王位に就いた訳である。

二度目に王位に就いて斉明となった彼女は、朝鮮半島南西部の百済《くだら》王国から帰化した人々から百済の都は石造り、石像・石庭だと聞かされて強い興味を持った。

こうして世に言う石の女帝が誕生した。

早速、帰化した百済工人達を庸《やと》って住居飛鳥の宮・飛鳥板蓋宮の庭を石造りの庭とし、そこから少し離れた場所を王墓の地として、そこにピラミッド状の五層の石造りの墓を作るべく帰化百済人石工達に命じた。

今日、大和牽牛子塚古墳と呼ばれている未完成の石造りの施設がそれであり、益田の岩船と言われる加工された巨石は、彼女と間人王子の共同石棺である事が日本書紀の記述から窺える。

そして今日猿岩と言われる、彫刻された幾つかの巨像は王宮と王墓の境に立てられてあったと思われる。

また飛鳥の地のあちこちに散在している鬼の俎板、須弥山石なども斉明の依頼に依って百済の石工達が造った物と思われる。

蘇我の山地から奇抜な巨石を石管で繋いで水を通し、宮庭の石庭に噴水を設けていたと思われる。百済の都の石庭、石細工を模して様々の試みが為された。

三七代斉明女帝にとって不幸な事は、朝鮮半島で新羅王国が侵略と征服に燃えて、隣国百済王国を支配すべく攻略を始めた事である。

彼女の石の都、石の墓に絶大な協力をして呉れた百済国民を助けるべく彼女は北九州へ出陣した。

併し、六六〇年に百済王国は新羅王国に征服され滅亡した。「くだらない。」＝「百済無い。」

翌六六一年、斉明は北九州の地で葬《な》くなった。六八歳であった。

彼女の意志を継いだ連中は新羅に占領された百済の地へ乗り込んだが、新羅は大陸の巨大王国唐と組んで抵抗した。六六三年、日本の艦隊は仁川の沖白村江で唐の大艦隊と闘いほぼ全滅し、斉明の子、三八代天智は兵を引き上げると共に北九州から瀬戸内海の両岸一四ヶ所に朝鮮式山城を築かせて、唐・新羅の侵入に備えたが、それは無かった。（対馬と大阪東に一基ずつ、瀬戸内海の両側に一二基、桃太郎童話の岡山県（吉備）の鬼が島はこの山城のひとつである。

そんな女帝だから、その二人の皇子中大兄（天智）と大海人（天武）がわが国の大改革をしたのであろう。

二人の皇子

「大化の改新」と言うと、蘇我入鹿を刺殺して天下を蘇我氏から奪った事と思っている人が少なくないが、歴史の事実はそうではない。入鹿を刺殺し、それを聞いた父親の蘇我蝦夷が甘糟の岳の邸宅に火を放って自刃して蘇我氏が亡んだのは「乙巳の変」である。六四五年、三七代斉明女帝の皇子、中大兄が郷士《ごうし》藤原鎌足《かまたり》と謀って翌六四六年、年号を大化と改め、

租＝地租＝すべての成人男子から、その所有する土地から税金として米を取ること（すべてと言っても、関東地方から九州北半熊本県辺り迄）

庸＝毎年、限られた日数だけ都へ出て労役に服すること（成人男子）

調＝その地方で穫れた産物＝食料にする物品、生産した織物などの物品を納入させる、

租・庸・調の制度を唐に習って導入し、国民支配を確立した事を大化改新と呼ぶのである。

明治維新は国民の三大義務として納税・兵役・就学を定めたが、それより一二〇〇年も前に、中大兄・淡海の三船に依って三八代天智とされた皇子が命令に依る国民支配を始めた訳である。

天智が死去すると、六七二年天智の弟大海人皇子は、奈良県吉野地区で蜂起し、「壬申の乱」で天智の皇子、大友皇子を攻めて、天智が定めた都滋賀の宮で大友皇子を自刃させて、王位を奪って吉野で帝位に就いた六七三年、淡海の三船は彼に四〇代天武の称号を付けた。

天武は六七三年に秦の始皇帝のように自分を天皇とし、この国の呼名＝国号を日本とした。つまりこの二人の兄弟皇子に依って、わが国のスタイルが決められたのである。

二人の皇子、先ず三七代斉明女帝の皇子天智は、蘇我氏を倒して天下を我が物とすると、六四五年、乙巳の変、その翌六四六年、大化の改新と称して、租・庸・調のシステムを唐に習って作って全国民を奴隷とする社会を作り上げ、もう一人の皇子、弟の四〇代天武は秦の始皇帝と同じように自分を天皇と呼ばせ、この国を日本と呼ばせて形を整えた。

つまり現在に至る天皇制は四〇代天武が始めたのであり、また現在に至る為政者に依る国民支配、国民奴隷化は、三八代天智が六四六年に始めたものである。一九四七年、現行の憲法が始められて、その根幹となる思想・国民主権・いわゆる民主・民主主義が始められたと言うのに、わが国民の意識はいつになったら目覚めるのであろうか⁉

とよ

信長の跡を継いで信長の方策を学んだ秀吉は、沢山の献上品を贈呈して京都御所へ参内を考えたが、その生い立ちを知っている秀吉は身分に拘って、これを沢山の贈り物に依って、近衛家の養子にして貰い参内した。

宮中では秀吉が己の身分に拘っているのを知って、それなら、と嘗て飛鳥時代に郷士、中臣鎌足に藤原の姓を与えたように、木下藤吉郎、羽柴秀吉に「豊臣」の姓を与えた。

つまり、お前は一介の地侍ではなく、豊《とよ》の国の臣《おみ》だぞと言う事。宮中が与えた臣だぞと。

そしてこの事は、一五〇〇年代でも、宮中ではこの国が「豊の国」であるとしていた事を物語る。

この国を日本《にっぽん》と命名したのは、四十代天武であるけれども、それとは別に「豊《とよ》の国」と言う名があった。もちろん、大陸やその影響を受けていた半島の国々では、漢帝国時代、BC五二年頃には「倭」と呼び、江戸時代に、将軍の代替り毎に表敬訪問に訪れた朝鮮通信使達も、わが国を「倭」と呼んでいた。

海外の呼称とは別に、日本人自身が呼んだ自称は、先上記した日本と豊の国であった。それは、先述の秀吉に与えた豊の国の臣《おみ》で分かる。

十代崇神が倭姫に命じて、それ迄、自宅（宮中）に祠っていたアマテラスを大和の笠縫村から更に東へ伊勢の五十鈴川の辺地に宮を建て祠ったのが、今は歴代首相が参拝している伊勢の内宮であるが、そこにはもう一柱、外宮と呼ばれている神宮が在り、参神を豊受大神宮と言う。「とよ受け」、千木の形からは男神を思わせるが、その名、とようけは豊の国を受け継いだ主《ぬし》と言うこと。

第一回の遣唐使は七〇二年の粟田真人とされるが、唐帝国の前の随帝国が建国された時、「日出処天子」の国書を携えて、小野妹子が隋の楊帝に逢ったのが、六一二年とされるが、実は、妹子はその前六〇〇年に、蘇我馬子、厩戸王の密命を受けて建国したばかりの隋帝国を偵察に往き、その時、隋の役人から、隋の役人達がカラフルな衣冠であるのは彼等の服装が憲法に従って官位が定められているからだと教えられ、這這《ほうほう》の体《てい》で日本に帰り来た妹子から、憲法の存在と官位の存在を聞かされ、馬子と厩戸王は協議して、隋に似せて十七条の憲法、

「和を似て尊と為し　逆《さか》らう無きを旨とす。

人皆党在り　達者少し」

などと、十二階の官位を定め、妹子は今度は大威張りで、正使として渡隋したのである。

その隋帝国の前が、魏王国、三国史の、魏・呉・蜀（諸葛孔明の三顧の礼で知られる）の魏の曹操が建てた、魏国の役人が記した、魏史の東夷伝、魏人の各（俗称　魏志倭人伝）に有名な女王ひみこの記事がある。

魏の正史（コピーは現存）に書かれてあるからと、この国のお偉いさん達は、平気で

「卑弥呼、邪馬台」と書くけれど、それは文字の無いわが国からの訪問者を軽蔑して、無礼にも「卑」、「邪」の字を当てたのである。

わが国からの訪魏者は、ジョウオウヒミコ、クニはヤマトと言葉を伝えたのであった。知る筈も無い卑弥呼、邪馬台の文字を伝えたのではないのだ。それは、わが国からの訪問者を軽蔑して傲慢な役人が勝手に書いたのだ。

兎に角、その魏史には、女王ひみこが亡くなると国中騒然とし、ひみこ女王の娘のとよを立てて国内が収ったとある。

これも、「とよ」を文字化するのに魏の役人は、台湾の「臺」と書くべきを一、二、三の「壱」の字を当ててトヨをイヨにしてしまったのである。

つまり、本当は、「ひみこ」、女王の娘は「とよ」、これで伊勢の豊受につながる。

こうして「とよ」の呼称は、ひみこ女王が魏に銅鏡百枚を交換で求めたのが二三八年だから、その時以来と言う事になる。

家康が豊臣家を根絶したから、以来、とよは忘れられて来たが、一二〇〇年程は続いていた。

ただ江戸時代にも豊の国が九州に在り、大分県を中心に豊前の国、豊後の国とされた。大分県は、宇佐の地、一五代応神とその母、神功を祭神とする宇佐八幡が在る。鎌倉の鶴が岡八幡宮を始め全国に存在している八幡様は、大分から瀬戸内海を進軍して大阪地区に都を移した応神軍の別名である。不思議なことに四五代聖武の娘孝謙女帝の時、弓削道鏡が太上天皇として帝位を要求した時、和気清麿呂が派遣されたのも、鎌倉時代、北条時宗の時代に元のフビライ軍十万人の来襲の時、朝廷が、敵国降伏の献額を行ったのもこの宇佐八幡宮であった。

今は歴代首相が伊勢参りをするように、当時の為政者達の心の依り処は、大分県宇佐の神宮であった。それはこの国の二番目の支配者、応神王朝の根拠地だからである。

蛙

京都市右京区に在る高山寺《こうざんじ》に現存して在る巻絵、平安末期か鎌倉期に画かれたと思われる単色墨絵の巻絵、世に「鳥獣戯画」と呼ばれている巻物の絵は、蛙と兎の相撲図で、男の腹に似せて画かれた蛙の大きな腹にはもちろん臍に無い。

「かえる」を「蛙」と書いた大陸「漢」の国では、小さい動物は皆「虫」としたらしい。

蛙、蛇、蜻蛉、牡蛎。

「かえる」を蛙としたのはその鳴き声からか。

日本語の「かえる」は、引っ繰り返してもすぐに起き返るからか、また、卵・御玉杓子から孵《かえ》るからか。弥生時代から始まった稲作の水田では蛙は格好の子供の遊び相手であったであろう。

中島誠之助　七七歳のコレクションは小さな蛙の置物、三個程。

高山寺巻絵は千年前の大人が蛙に興味を持っていた事を物語る。

「御玉杓子」という漢字は、食器にだけ使用する文字で動物などに使うべきでないとするお偉いさんがおられるが、では「入道雲」なんてどうだ。

御玉は匙の大きな食器。味噌汁をこねたりあくを掬ったりする。杓子は油を掬ったり神社の手洗水で口を濯ぐのにも用いる。

併し、色は黒いが形はそっくりだから、蛙の幼生を御玉杓子と呼んだ人は矢張り偉いんじゃないの。

御玉杓子は蛙の子　鯰の孫ではないわいな
それが何より証據には　今に手が出る足が出る

でんでん虫はかたつむり　さざえの孫ではないわいな
それが何より証據には　水に入れれば死んじまう

ぶんぶん空飛ぶ飛行機は　蜻蛉の親ではないわいな

それが何より証拠には　プロペラばかりか人が乗る

エコノミック・アニマル

もう大分前の話、日本の企業がどんどんパキスタンやインド方面へ進出して行った頃、当時のブット首相が、進出してくる日本人達を「エコノミック・アニマル」と呼んだ。

これを聞いた当時の日本の商工会議所の会頭さんが、

「エコノミック・アニマル？　結構じゃないか。奴等ときたら、昼は何とかの時間、午後は何とかの時間と休んでばっかり。そこへ行くとわが企業の戦士達はそれこそ懸命に働いているんだ。」

でもねえ東芝の会長さん。それだったら、「アニマル・エコノミスト」と言う筈じゃ。それならアニマルは猛烈なと言う意味になる。でもねえ、ブットさんは、「アニマル・エコノミスト」と言ったんじゃなくて、「エコノミック・アニマル」と下げすむように言ったんですよ。お祈りも施しもしない日本の戦士達をね。

ライオンは仲間（家族）にしか施しをしない。ライオンは許しをしない。

でも、昔の日本人はライオンの反対だったの。

漢数字

市。荷。酸。詩。碁。

祿。質。蜂。苦。銃。（塔）。

市。銃。飛躍。仙。漫。奥。蝶。

兄。

礼。

絵の無い額縁

絵の無い額縁、何なんだ？　なんて言わないでくださいよ。
それは名画を待っている器《うつわ》。
チンパンジーを始めすべての動物は今に生きる。今だけの能力なら人間より優れている
動物は沢山居る。疾走《しっそう》でも高跳びでも水泳でも。
人間が他の動物より優れている事は、時間軸を持っている事。明日は？　万年先は？
と夢見る、計画する。明日を夢見て一歩ずつ、少しずつ着実に実行してゆく。
絵の無い額縁にやがて素晴らしい絵が収まると信じながら。

絵の無い額縁、主人の居ない空き家、政治家の居ない、民衆。

時間軸

近く第二回の東京オリンピック・パラリンピックが開かれると言うことで、色々な競技が行なわれている。

一〇〇メートル走にしてもマラソンにしても、例えてみれば直線又は曲線状のx軸上を、誰が最も短時間で行動できるかとする競技。走り高跳や棒高跳はz軸上の高さを競う競技。

誰が最も速いかと言うなら豹やチーターには敵わないし、最も高く跳べるかに就いても豹には敵わない。

水泳でもイルカには勝てないだろう。

愛知県の犬山地区に、京都大学霊長類研究所の分室があって、所長の松澤先生達がチンパンジーのいろいろな能力テストをなさっておられる。

そのひとつに、モニターの画面上に1から9迄の数字をバラバラに映し出してから、〇・一秒か〇・二秒後にモニター画面を消し、チンパンジーが暗くなった画面上に1から9迄の各数字を始めに在った位置にボタンを押して再現できるかとする能力テストがある。訓練されたチンパンジーは見事に一〇〇%再現する。

僅か〇・一秒か〇・二秒の間に全部覚えて再現させるなど人間の大人にも出来まい。

ただ、人間に出来てチンパンジー、豹、イルカに出来ない特別な事がある。

それは、明日を夢見る、明日に希望を持つという事。彼等は今の能力は素晴らしい。それが明日どうなるかは全く考えない。彼等は今にだけ生きる。

人間は明日に繋《つな》げる。文字を発明して未来に残し、遠い昔と交信できる。また文字、日記を残して未来につなげる。人間は子供でも「あしたね」、「大人になったらね」と未来につなぐ。つまり、時間軸を持っているのだ。

夢

露と落ち露と消え往く吾身かな
難波の事は夢の又夢

伏見城で一五九八年八月一八日六二歳で逝去した太閤秀吉の辞世である。

『奥の細道』の最后の句は、

蛤の二身に別れ往く秋ぞ

であるが、

旅に病んで夢は枯野をかけ廻る

右の句は芭蕉の辞世と言われている。

エネルギーに溢《あふ》れた人は、此の世を辞するに当たっても尚夢を追う訳か。

私は夢が大好き。夢は未来を語る、夢は希望を呉れる、勇気を呉れる「VIVIDE VAVIDE BOO」と松田聖子は語った。


人が夢を見ている時、眼球は瞼の裏側を普通の速さでぐるぐるとまさぐっている。

矢張り夢は脳と眼とで見ている証拠。

記憶は瞼の裏に残って居り、それをぐるぐると追い求めて居る訳か？

二足歩行

二足歩行を人類の特長とか特権と思うのは人間の傲慢である。

マダガスカル島に棲《す》む輪尾狐猿《わをきつねさる》は二足脚でジャンプしたり歩いたりする。野生動物も、たとえば熊も二足で立ち上がったり少しなら歩ける。ペットの犬の中には一〇〇メートルぐらい二足歩行できるものもある。

ペンギンを始め鳥類は二足歩行である。

武器の使用に依って人類は怖い者無しになった。その為、人の赤ん坊だけが仰向きで背中で重力を支えて寝る。チンパンジーやオランウータンの赤ん坊を仰向きに寝かせると手や足を盛んに曲げ伸ばしして何かを把もうとする。親にしがみ付こうとする。

人の足の骨は、足指も踵《かかと》も土踏まずの骨も、赤ん坊や幼児に比べて成人の骨は長く太く丈夫になって直立二足歩行に適するようになる。七〇〇万年の成果であろうか。

アフリカ東部に南北に連なる大地溝帯がエチオピア南部に達している所の谷に広い泥岩

があって、その泥岩の表面に何と大人と子供の二足歩行の足跡が数十メートルに渡って続いているのをアメリカのヒーリー夫妻が発見して、約七〇〇万年前のものと測定された。

人類はオランウータンと同様、始めは樹上生活をしていたのが、ある頃、地上に降りて来て、それまでの四本の手の生活が二本の足と二本の手で生活するようになったと言う説がある。本当だろうか？

そうすると、輪尾狐猿や熊、ペットの犬が立ち上がって歩行するのはどう説明するか？

空を飛ぶ

鳥の飛ぶのを見て自分も空を飛んでみたいと思った人は数え切れまい。

一八世紀、イタリア・フィレンツェのレオナルド・ダ・ヴィンチ（ヴィンチ村のレオナルド）は現存している彼のスケッチ・ブックに翼のくわしいスケッチを画き残している。

一八世紀、わが国の岡山の幸吉もドイツ国のリリエンタールも、両腕に大きな翼を木組みと紙・布で作って取り付け、両腕を廻して上下させながら高所から飛び降りたが失敗した。

一九世紀科学が発達して、空気力学的に人が鳥のように羽ばたく事は不可能と分かり、逆に翼を固定してエンジンの力でプロペラを早く廻して、翼に見合った気流を作る事に成功したのが、二枚翼を使ったアメリカのライト兄弟であり、飛行機はアメリカで発達した。

宇宙

宇宙って何処ですか？

宇は高い所。

宙は空《から》っぽの空間。

大陸の古書准南子には、「宙」は、東西南北・四方上下。「宇」は往古来今、つまり宇宙とは時空間の事らしい。

子供に、「何になりたい?」と尋ねると、宇宙飛行士。

「何処へ行ってみたい?」と尋ねると、宇宙と答える。

併し、彼等の言う宇宙とは地球周回の空間。

乗り物や物体の速さが速くなって、慣性に依る接線方向の力の鉛直成分の力が重力と釣り合う状態になると、乗物や物体は落下せずに地球の周りをぐるぐると廻る、つまり周回するようになる。地上にはスカイツリーやエッフル塔など、あるいはもっと高い山々があるから、また、あまり高いと今度は地上八〇〇キロメートルにはバン・アレン帯と言う強力な放射線帯があるから危険。

そこで地上四〇〇キロメートル位を飛行(周回飛行)する事を選んだ。

一方、地球の大きさは直径約一万三〇〇〇キロメートル。

一万三〇〇〇対四〇〇。お話にならない。だから飛行士が撮った地球はカーブの一部だけ。他方、気象衛星ひまわりは四万キロメートルの高さを周回しているから、地球が丸く映る。

だからアメリカではこの地上四〇〇キロメートルの所を宇宙（コスモス）と言わずに空間（スペース）と言っている。そう、大気圏外空間。

なのに、わが国では宇宙と言う。

すべからく圏外空間、外圏、そう「超空」なんて言ったらどうだ。

宇宙とはもっと高い広い所、星や銀河のある所。

だから周回飛行士、周回船と言うべき。

でもそれじゃあ子供の夢は?

そう、夢と嘘、夢と真実のどちらを選ぶべきなのか?

なまけもの

あの、一見、とぼけたようなお猿みたいな動物に「なまけもの」と名付けた学者は、どんな顔の男なんだろう。

私だったら「ゆっくりさん」とか「のんびりさん」とか命名するね。

赤ん坊は四日に一回ぐらいしか排便しないから腹はぱんぱん。

体重は生まれて二週間で一〇〇〇グラムから一〇七五グラムに成長する。

霊長類、猿類、コアラのように樹上生活である。それは平地・平原に住む猫族（食肉類）の襲撃から身を守る為である。その為太く長い鋭い爪を持つ。

そして夜行性なのである。昼間は驚く程ゆっくりであるが夜は相当速い。

樹から降りて来て平地を走る時、兎の様には跳ねないが兎ぐらいの速さで走る。

ちなみに、スローロリスは、似ているが、別種の動物である。

「ゆっくりさん」は有毛目、スローロリスは猿目である。

大衆

その歌を、誰が作詞し、誰が作曲したのかではなく、どんな振り付けで、誰が尻を振り、マイクで怒鳴るかに、大衆は金を払い熱狂する。

地震もそう、何処でどんな規模で生じ、今後どうなるかではなくて、震度、ああ怖かった、が話題。

どんな嘘でも百万遍《ひゃくまんべん》唱えれば真実になるとは、ヒトラーの片腕ゲッベルス宣伝大臣の言である。

大衆にとっては事実・真実は如何でも良し。どうせ解かりっこないのだから。

それよりも、みんなが何と言ってるか、如何に動くかが重要。自分もその一人として押し流されるのだから。

大衆にとっては「みんな」が大事。噂が大事。だからうわさと言う字は尊い口と書く。

風評の被害?

臍

臍下胆田《せいかたんでん》と言う言葉が有る。

そう、臍の下、何センチの所に人間の魂が宿《やど》る場所があると言う。

つまり人間の中心がそこなんだと言う意識。

でも、それは本当なのだろうか?

哺乳動物と言う。

それは、この種の動物は皆母親の乳を飲んで育つからだ。

確かにそれ等の動物は生まれてから直ぐに母親の乳を飲み始め、離乳期と呼ばれる時機まで受乳で育つ。

併し、誕生の前、母体の子宮内で胎児として育てられている時期はどうだろう?

この頃は母体の子宮内で人間の胎児がどう育っているかを映像で見ることが出来る。

そこではごく最初の絨毛期を除いては、母親の胎盤から臍の緒を通して胎児の臍に酸素を始めすべての栄養が送られている。
それが胎児の全身、頭の先《さき》から手足の先まで行き渡る。
つまり、臍の位置が頭の先から手足の先までの中央と言うことだ。
という事は臍が哺乳動物の中心と言うことだ。
臍の下数センチの所に中心が有るのでは無く、臍の位置に中心が有ると言う事。

帽子

帽子、それも山高帽をかぶる男が矢鱈増えて来た。
山高帽をかぶってメイクする男、黒板の前で山高帽をかぶっている奴。
部屋に入っても帽子を取らない、何と食事している時もかぶった儘。
流石に六〇歳過ぎの男は部屋へ入る時、脱帽するが、以下の輩はかぶった儘。

かぶり物は権威の象徴。俺は王だぞと。神主もかぶっている。相撲取りの丁髷《ちょんまげ》は江戸時代の武士のチョンマゲの真似だが、その丁髷は神主あるいは奈良・平安時代の貴族達の冠の写し。

彼等は部屋でも冠を付けていたが食事の時は外す。

四〇過ぎたら男は己の顔に責任を持てと言う言葉は死語になったのか？

そう、今日の山高帽は顔を引き立てる頭の飾り物。

そう、女の髪飾りと同じ役目。

つまり男性の女性化。

女と男

女の特徴は子宮である。

そう、女を女たらしめているものが子宮である。

子宮は子を胎み胎児を育てる。やがて出産そして育児。

それには愛、やさしさ、暖かさ、柔かさ、つまり女のすべての特徴が篭められてある。

哺乳動物と言うけれど、それは赤ん坊を育てるほんの数年間の表言に過ぎない。本当は妊娠から小児までの数年間。だから哺乳ではなく育児なのだ。

育児動物、これがこの種の動物の本当の生き様《ざま》である。

祖母から母へ、母から娘へ、娘から孫娘へ、ひとのミトコンドリアＤＮＡは女から女へ伝承する。男へは渡らない。

男は只、そのきっかけを作る。

男の特徴はひげである。

そう、牡ライオンのたてがみと同じ。

そこから頼れる強さ、逞《たくま》しさ、大きな包容力。無口の力強さ。

男の總ての特徴が見られる。

女にはひげが無い。

「寝る」と「眠る」

「もう寝なさい。」

とか、

「昨日はぐっすり寝られました。」

などと言う。ここでの寝るとは眠るの事である。

「寝る」とは、重力が支配しているこの地球上で重力に依った身体の疲労を軽減すべく横になり手足も伸ばすこと。これに対して「眠る」とは大脳の活動を休ませる事である。

明らかに違う概念なのだが、日本語ではネル、ネムルと同じ様な言葉である。

そこで意識としてはネムルが言葉としてはネルになる。

これは、より短かい言葉を好む意識が為せる結果である。

私達の日常にその様な言葉の短絡は澤山ある。

「引く」と「敷く」

フライパンに油を引くと言う。
何と、
敷布団を引くなんて言う。
日本人は「shi」の発音が嫌いだから
「shi」の代わりに「hi」と言う。
併し、引くと言うのは綱引きとか引き算のように別の用途の言葉である。
平に一面に拡げる行為を敷くと言う。
「shi」と言う発音が嫌いな人は漢字で「敷」と書けば良い。

小噺　夕立ち

男子学生達を相手に　気象学の講義をした時の実話。

「君達、夕立ちって言うのがあるんだけど、朝立ちって言うのは無いんだ。何故だか判る？」

するとと一番前に坐っていた大柄の学生が、

「先生、お下劣ですよ。」

え？　何故だ？　と思ったがやがて、ああと気付いた。連中、若いな。

でも、ふと見るとその学生立ったまま。

いつまで立っているんだ？　と言おうとしてあっと気付いた。

危ない危ない。その手は桑名の焼蛤。

是非に及ばず

「太閤記《たいこうき》」は豊臣秀吉の一代記、「信長公記《しんちょうこうき》」は秀吉の主君織田信長の一代記である。

人間五十年下天《げてん》の裡を比ぶれば
夢幻《ゆめまぼろし》の如くなり
ひとたび此の世に生を得て
滅せぬ者のあるべきや

そう口ずさみながら信長は家臣達の前で扇の舞をしたと言う。

天下布武をひっさげて、先に比叡山及び大阪・堺の僧兵を平らげ、部下の秀吉に命じて中国の覇者毛利氏を討たせ、続いて四国の新興支配者長宗我部元親《ちょうそかべもとちか》を討とうとしたと言う。

それを知った元親は先に信長に依って追放させられた京都の足利幕府一四代将軍足利義輝と組んで、元親の親友明智《あけち》左馬助《さばのすけ》光秀《みつひで》に信長を討ってくれと頼んだ。

折も折、信長の下《もと》に秀吉から毛利攻めの為の援軍要請が来ていたので、信長は出陣していた本営、京都の本能寺の北方の居城に居た明智一万五〇〇〇人に命じて秀吉を応援するように言った。

「時は今、天《あめ》が下知る五月《さつき》かな」

明智軍一万五〇〇〇人が本能寺を取り囲んだ時、信長は出陣の挨拶に来たと錯覚したらしい。一五八二年六月二日。

「殿、違いますよ、明智は攻めて来てますよ。」

忠実な小姓森蘭丸《もりらんまる》に言われて慌てて三〇余人の部下と共に闘ったが、衆寡不敵忽ち追い詰められ、火薬庫に入って爆死したと言う。首を取られ無い為の措置である。人間五〇年は四九歳であった。

この時に信長がつぶやいた言葉が、

是非に及ばず

であったと伝えられている。

是非に及ばず、は、その前に一度、信長の口から出ている。

甲州（山梨県）の覇者武田信玄が上京して天下を掌中に収めるべく出陣したが、生憎急な病で陣中病死した（一服盛られたか？）。長男武田勝頼は亡父の遺志を継いで進軍した。信長はこれを阻止するべく友軍徳川家康に対抗させたが、家康は三方が原で大敗し、馬上で脱糞しながら命からがら岡崎城へ逃げ帰った。

この時、信長は、

是非に及ばず

とつぶやいたと言う。

是非に及ばず、つまり、是＝よろしい、非＝だめ、に及ばずとは、言及するに当らない

＝言える事ではない。

即ち事態はＹＥＳ／ＮＯを言える状態ではないと言う事。

天下布武の信長が、寺を焼き打ちした程の男が、是非に及ばずとは、彼は人智・人能を超えた大きな力、神の力、運命を感じたのであろうか？

にげなきもの

枕草子第四十五段に、にげなきものとして、
下衆の家に雪の降りたる
とあるのは驚き。

確かに清少納言は藤原系らしき家に生まれて、才気煥発なお嬢として育ったであろうから、泥にまみれた農民、油にまみれた工人などは人に非ず、其等の住む傾いたあばら家など馬小屋にも劣ると思うのであろうが、人の値打ちは、如何に自らを鞭打って働き、自立して妻子を養い、迷惑を掛けず、その中から施しをし、つましく生きるか。

その人が住む家であれば、如何に素末であろうとも卑しくはあるまい。

雪の降るは香露峰ばかりではない。それこそ天はおおらかで、地上の如何なる場所にも公平に降るものである。

雪は美しい物、古びた汚らしい家に降るのは似つかわしくないとは、智のみに溺れてハートを忘れた表現ではあるまいか?

心優しきもの、思い遣りのある温かきものこそ、あらまほしきものであろうに。

日高見の国

吹く風を勿来の関と思えども
　道も狭に散る山桜かな

平安中期後三年の後に征夷大将軍として東北地方へ遠征した八幡太郎と呼ばれた源義家の歌である。

第一回の征夷大将軍は奈良時代。

そう言えばヤマトタケルも、倭の五王の五人目・武、つまり二〇代雄略も北は関東までしか進軍していない。

奈良時代に東北地方まで攻め上った大和軍は、盛岡市近くまで進軍し、多賀城など二、三のとりでを築いたが手薄になると壊《こわ》された。

「勿来」とは文字通り「来るな」と言う事。東北地方から関東地方へは来るなと言う事。つまり茨城と福島の境が勿来の関所。

それ以北は日高見の国と呼ばれて、大和の国とは別の国であった。

五〇代桓武が京都の地に平安京を定めた時、彼の二大事業が都平安京の造営と、東北地方攻略であった。

その為の征夷大将軍としたのが坂上田村麻呂で、彼は東北侵略で戦没した部下の鎮魂の為に清水寺を建てた。

彼は日高見の国の王者アテルイに言葉巧みに、あなた日高見の王に対して、わがヤマトの王が和親のおもてなしをしたいから、どうぞヤマトの美しい都に来てくれませんかと、「みこし」に乗せて連れて来て、京都を通り越して大阪で首を切った。こうして縄文蝦夷族の集団団結は亡んだ。

そこで平安時代末期になると藤原秀衡が盛岡周辺を支配し、今日の平泉地区に周辺で採れた金を利用して王国を創った。

源義家の時代の東北の支配者は阿部氏であった。阿部氏は大阪地区の支配者中州根彦（長髄彦）が東北へ北陸地沿いに逃れた子孫とも言われている。

義家が参加した前九年の役も、続く後三年の役も相手は阿部氏であった。
藤原義家が阿部宗任の鎧《よろい》の袖を掴《つか》んだ時、袖が千切れた。
義家が、

衣の縦（衣川の館《たて》）は綻《ほころ》びにけり

と叫ぶと、宗任はとっさに

歳を経し糸の乱れの苦しさに

と答えた。

その天晴れに義家は手を放したと言う。
鎌倉時代、室町時代と経て戦国時代になると、伊達氏が仙台地区から大きく領地を拡げた。

仏教の変遷

わが国に仏教が伝来したのは五五二年。一説には蘇我氏が神道の物部氏と張り合う為に朝鮮半島南西部の百済王国（六六〇年亡ぶ）から導入したとも。

それか非ぬか、蘇我氏の所領地飛鳥に我国最初の寺・飛鳥寺が建ち、現存する飛鳥大仏が祠られている。ちなみに大仏の顔は日本系の顔ではなく百済系である。

蘇我氏が亡んで仏教も散り散りになったが、それを復活したのが唐（六一八年建国）から招かれた唐招提寺の鑑真和上である。彼は始めて戒壇を設けて日本の僧達に位を授けた。以来、南都六宗と呼ばれる華厳、法生など六派に及ぶ団体が隆盛を極め、七九四年五〇代桓武が山城の地に平安京を建てて遷都した時、奈良仏教徒が平安京に入るのを禁じたと言う。

平安時代になって渡唐した最澄と空海は得度して帰国し、空海は最澄と張り合うのを避け和歌山県の高野山に篭《こも》って修業を始めた。人々は彼を弘法大師と仰いだ。最澄は皇城鎮護と称して平安京の北東の鬼門に当たる比叡山に篭《こも》った。人々は彼を伝教大師と仰いだ。

平安時代は貴族支配で、その貴族達の領地の番人、警護人であった武士が次第に台頭し、平氏、源氏の二派に成長したが、まず平清盛が平安京を中心に天下を支配した。

清盛が亡くなると一一八〇年、源頼政の挙兵で再び源平の戦が始まり、一一八五年、源義経軍が山口県の壇の浦で平家を滅亡させた。

義経の兄源頼朝は戦乱荒敗の平安京を避け、流刑されていた地に近い鎌倉を支配の中心地にした。

その戦乱荒敗の地にあえぐ民衆を救済せねばと立ち上がったのが法然で、浄土宗、つまり戦乱地を極楽浄土に変えようと唱え、その弟子親鸞《しんらん》はこれぞ真《まこと》の浄土宗として浄土真宗を開いた。

この様に鎌倉仏教は戦乱に困窮している民衆に働き掛ける民衆仏教の始まりであった。

蘇我氏に始まる飛鳥、奈良、平安の時代の仏教は貴族仏教であった。支配者仏教であった。

この世をば我が世とぞ思う望月の
　　　欠けたる事の無しと思えば

と記した御堂関白と呼ばれた藤原道長は、あの長野市の善光寺の紐つなぎ回向柱のように、病床の自分の腕と仏像とを紐でつないでいたと言う。つまり「すがる」仏教。

椰子の実

愛知県知多半島伊良湖岬に島崎藤村の椰子の実の句碑がある。

併し、藤村は伊良湖岬へ行っていないし、椰子の実も拾ってはいない。

実際に伊良湖岬に旅をし、流れ着いた椰子の実を拾ったのは、藤村の仲間の若い頃の柳田国男、後の民俗学者である。

若さの特権で、あちらこちら旅をしていた柳田國男は或る日、伊良湖岬に立った時、足元に流れ着いていた一個の生々しい椰子の実を見付けた。

やがて東京へ帰って来た柳田國男は仲間達の溜まり場に現れて、椰子の実の話をした。

すると聞いていた島崎藤村が、

「柳田君、その話僕が買っても良《い》いかな。」

こうして、銘歌、椰子の実が世に出たと言う訳。

対論

古代ギリシャの数学の聖書、エウクレイデス EUCLIDIS の原論（幾何学原論）の始め部分を考察してみた。

1、点とは

対論、点とは　位置があって　大きさのないもの。

2、線とは　長さがあって幅がないもの。

対論、同感。

3、線とは

対論、線とは　点が移動した　跡である。

4、直線とは

対論、直線とは　どこで折り返しても　重なる線である。

三、語録

永遠であると言う事は

永遠であると言う事は
存続する事ではなくて
継承されてゆくと言う事である。

他人より優れようとして

他人より優れようとして争うよりは
寧《むし》ろ
自然と創造の能力を競うようでありたい。

男は

男は黙って一人立つ
女は絶えず二、三人
集まってはさざ波を立てる。

蓮の花

泥の中から生まれて
あんな綺麗な花が咲くんだね
だから仏の台座に。

君子

君子慎独　賢人愛日
一生堂不退。

小さくとも

小さくても祈りの手。

生命は

生命《いのち》はとても大切
でもその生命をどう生きるかは
もっと大切なんですよ。

言うまいと

YOU MIGHT
言うまいと
THINKED

思えど
TODAY'S
今朝の
COLD　FISH.
寒さかな。

※　これは私のオリジナルではありませんが、消えてゆくのは惜しいので。

神様は

『神様は　綺麗な　花から　お摘みなさる』

四、俳句・短歌

十二支

子

始の子大黒天の膝に乗り

丑

のっそりと天下見渡す丘の春

寅

虎の皮に肖《あやか》り度《た》やと見る手相

卯

一人より二人が似合うぞ雪兎

辰
馳け昇る竜の鱗か凧《たこ》光る

巳
木の股に脱皮の有りて主は何處

午
寒立馬《かんだちめ》津軽の風も何のその

未
有難う君にくるまれ暖かい

申
反省は俺にも出来ると背を伸ばし

酉
暗くても君の声して世が明ける

戌
万年を君は忠実僕の友

亥
瓜坊と呼ばれた頃の懐《なつ》かしさ

俳句十二月

一月
元日や見知らぬ人も笑み交わし

二月

豆を打つ声高らかに節分会《せつぶんえ》

三月

歌声は空のこだまか卒業日

四月

菜畑も果ては有るぞよ縺《もつ》れ蝶

五月

空を泳ぐ鯉を創《つく》った日本人

六月

まだ障るか仰ぐ大空灰の色

七月

風鈴の音色に篭《こも》る母の愛

八月

もう一度もう一度とて夏将棋

九月

いつ見ても君は綺麗な秋の月

十月

出雲では神のコーラス聞けるかな

十一月

菊一輪手向け立去る野の仏

十二月
何もかも明日に托して大晦日

短歌十二月

一月
五世代の笑いは巡る大炬燵《おおこたつ》
転寝《うたたね》する児は餅握り占め

二月
満開の梅花ことごとく雪帽子
旭日に染みて半分オレンジ

三月

暮れなずむ春の茜に鎮まりて
雪山遠く天に去り行く

四月

この下に頼朝有りと苔生《む》せる
小さき墓に花片《はなびら》ぞ散る

五月

風薫る五月になれば薄色の
細かき模様着て娘達来る

六月

風もなし音もまた無し昼下り
雨の尼寺あじさいの花

七月
幼な児は夏の午睡に頬笑んで
何を夢見る父の手枕

八月
魂が抜けたる如き心地して
終日食まず敗戦の日

九月
千年の時を隔てと眺むれば
大宮人の月もこの月

十月
蟋蟀《こおろぎ》の姿見せたる薮外れ
すだきも何日か空耳《そらみみ》と知る

十一月

思い出の数程咲くか山茶子の
主《ぬし》亡き宿を飾る如くに

十二月

居ても良し居なくても良し天井の
蝿取り蜘蛛《くも》を見る歳の暮

落穂俳句

下手くそがそれでも捻る五七五

声がして横手かまくらほの灯《あか》り

雛祭女は昔を懐しむ

鶏卵の丸さ喜ぶ今朝の春

垣崩れこんな所に万寿沙華

何もかも忘れ度く見る万寿沙華

雲の峰幾つ越したか空の旅

鰊漁盗賊かもめが群集《むれつど》う

昨日今日誰も無口の敗戦日

ヒヤシンス音を頼りに風信子

夢の中妻の弾《はず》んだ声がして

落穂短歌

雪の下小さき蕾寒に耐え
　やがて来る日を待ついじらしさ

春嬉し弥生三月春嬉し
　蟄居の虫も踊り出す

避難をと女性職員の声残る
　三陸沖の大津波地震

兜蟹三葉虫の生き残り

海老の先祖か瀬戸の秋晴

津和野路を尋ね歩けば青野山
小枝ひとつに母の思い出

遠き日の遠き思い出蘇《よみが》える
幼き春の母の微笑み

垂乳根の母の思い出ただ悲し
悔恨の外《ほか》何を語れと

今日有りて明日《あした》無き世を誰が知る
原子爆弾春と言うのに

忘れられぬ人の想い出はるばると
幾山越える旅の地の果

日本三景

母と行く秋（安芸）の宮島清盛の
見果てぬ夢を辿る船旅

馳け登る竜の身姿徒然《さながら》に
天の橋立銀鱗の海

松冠《かぶ》る奇巌は入陽に輝いて
春の松島寄する白波

題「来」短歌

はるばると来たりしものよ雲仙の
噴火に埋まる人の営《いとなみ》

八ヶ岳天狗の峰に独り咲く
駒草を見に吾は来たるか

来たる日も来たる日も亦空しかり
何日又逢える幻の君

小さきは小さな者の語り合い
何日の日背負う国の未来を

来年と言えば閻魔が笑うとか
来々々年と言えばどうだね

五、詩編

アネモネ

おぞましくも　花に触れる
　金と黒　アネモネの随想

わが　いたいけな　少年は
　呆然として　見守る
　黒夜の老嬢の　銀髪のひゆらぎ
黒いレースの手袋が握る　一束のアネモネ

アネモネは　欲し
　されど　炯々たる　眼光は怖し

老嬢は　頬笑み　つと手を延《の》べる
　少年は　そっと半歩退《さが》る

あでやかな　アネモネの
芯の　恙黒《あざ》い鉛毒

夜蛾

灯《ひ》を点《とも》す　その灯を
一直に
刹那《せつな》の　狂愁に求めしもの
灯の下の
ぱさぱさと云う　あえぎ
音の無い
小刻みの振動

風に吹かれて

風に吹かれて
　黒髪が　揺れた
風に吹かれて
　スカートが揺れた
風に吹かれて
　彼女が　消えた
君って
　ドジだねえ。

無題

国敗る　悲しみは　誰か語らむ
帰り来る　友は黙して
その舩の　幾許《いくばく》
あゝ
永遠に沈む　南十字星の　光芒

夢と見し　その面《おもて》　涙溢れき
夢なるか　ラバウルの基地
夢なるか　大東亜　共栄圏
今は只　空しき　記憶

君知るや
空碧き　前線基地

ありし日の為に　捧げたる
その　勇者の　誇りを

君知るや
緑濃き　南国の浜辺
ありし日の為に　捧げたる
その　瞳の色を

とんとろり

空にゃ　三日月　とんとろり
濡れた　涙の　乾く迄《まで》
遠い　空から　とんとろり

道は　二つで　とんとろり
何故に　この道　選んだか
遠い　夢見て　とんとろり

夢だ　夢だで　とんとろり
夢は　いつかは　消えるのに
遠い　空見て　とんとろり

空にゃ　三日月　とんとろり
燃えた　心の　冷《ひ》えるまで
遠い　空から　とんとろり

秋

ゆらゆら　揺れて
コスモス　揺れて
小さな秋が　今年もくるか
ゆらゆら　ゆらりん

ゆらゆら　揺れて
コスモス　揺れて
青空　丸く　秋空高く
ゆらゆら　ゆらりん

夜咲く花

夜咲く花って　どんな花
夜咲く花って　どんな花
真黒化《まっくろけ》　の　暗い花？
無色透明　見えぬ花？

夜咲く花って　どんな花
夜咲く花って　どんな花
蝶々も花蚊《はなあぶ》も　知らないね
烏揚羽は　知っている？

丸い地球の　裏側で
夜咲く花は　ひっそりと
子供の　夢に　現れる

明日は　陽の目に　逢えるかな？

花片の歌

花片は　匂残して　風に舞う
花片は　風も無いのに　ただ散るか

花片は　花なれども
花片は　花には　あらで
風に舞う

花片は　遠い思い出
吉宗が　植えさせた土手
隅田川　固める護岸

花片は　遠い思い出
吉野山　北向くひつぎ
何日の日か　京に帰らむ

花片は　遠い思い出
吉野亡き人　良き人良しとは

花片は　花なれども
花片は　花には　あらで
思い　結ぶに　よし無し

悔恨

あゝ　何をか言わむ
空の窮
雲の流れよ

その　愛くるしい　頬笑みは
たとえ様もない
愛と　信頼なりし　を

時を経て
何を　語らずとも
赤くたたえし　瞳のふるえには
悔恨の　胸高まりて

後姿
ただ　空しく見送る

湖畔に

湖を　渡る風は
　今日も　白樺の果に消え
小石は
　空しい　響だけを返して来る
山々を　彩る　錦は
　今日も　湖面の泡と化《な》り
こだま　は

風の　慰めに　消える

不意に来て　不意に飛び去る
　それは　川蟬
不意に来て　不意に消え去る
　それは　思い出

残された　悲しみに　屈《かが》んで
　再《ふたたび》は見まい　湖畔に
　掌の跡を　刻み

あやまちを　知らない人々に
　あやまちの　深さを告げる
忘《ぼう》じ得ぬ　悲しみを
　生まれて来る　人々に告げる

本当のところは何がどう？

2016年2月12日　　初版発行

著　者
神林《かんばやし》　宙彦《みちひこ》

発行・発売
創英社／三省堂書店
東京都千代田区神田神保町1-1
Tel：03-3291-2295
Fax：03-3292-7687

印刷・製本
三省堂印刷

ISBN 978-4-88142-941-9 C0095